KB273768

하루 한 장 예수의 말 100

일상을 기적으로 바꾸는 가장 뛰어난 문장 필사책

# 하루 한 장 예수의 말 100

ⓒ 박유녕, 2026

인쇄일 2026년 1월 27일
발행일 2026년 2월 10일

펴낸곳 소용
등록번호 제2023-000121호
전화 070-4533-7043  팩스 0504-430-0692
이메일 soyongbook@naver.com

ISBN  979-11-94720-06-5 (03800)

박유녕 지음

소울

일러두기

1. 이 책에 인용된 《성경》은 개정 한글을 기준으로, 현대인이 이해하기 편하도록
   번역되었습니다. 《성경》 구절 중 예수가 한 말만 넣었습니다. 또한 필사와 묵
   상에 어울리도록 문장 호흡을 살렸습니다.
2. 영어 성경은 낭독과 암송을 전제로 번역되어 필사하기 좋은 킹 제임스 버전
   (KJV)을 실었습니다. 지금은 쓰이지 않는 고어 표현은 현대 영어로 자연스럽
   게 풀되, 의미는 충실히 보존하였습니다.

# 흔들리는 나에게 예수가 말했다

나사렛 예수는 2,000년 전에 팔레스타인 중동 지역에서 태어났다. 예수는 그가 태어난 날부터 오늘날까지 세계 역사상 가장 널리 알려졌고, 수많은 사람들에게 영향을 끼쳐왔다. 살아생전에는 호소력 있는 말과 교훈을 겸한 이야기로 언제나 사람들을 사로잡았다.

예수의 말은 논리가 정연하고 명료했으며 어려움이 없었다. 예수는 자신의 말이 사람들에게 쉽게 각인되도록 비유를 들기도 했다. 예수의 말은 수천 년 동안 격언으로서의 역할도 해왔다.

예수는 가르치는 일에 열심이었다. 이곳저곳을 돌아다니며 이야기했고 어디서든 수많은 사람들을 가르쳤다. 식사를 하면서도 가르침을 멈추지 않았다. 그는 가르치기 위해 남자와 여자를 가리지 않고 평범한 사람들에게 다가갔다. 특히 가난한 자, 병든 자, 소외된 자를 향해 발걸음을 향했다. 그들과 함께 먹고, 마시고, 대화하고, 행동하면서 가르쳤다.

예수가 한 말 속에는 위로, 평안, 사랑, 권면, 정의, 지혜로운 삶의 자세가 담겨 있다. 예수의 말은 종교를 넘어서 일상에서 마음 공부를 위해서도 중요한 역할을 하고 있다. 철학, 심리학, 문학의 발상이 되기도 한다. 예수의 말이 담긴《성경》은 그렇게 읽혀지고 재생산되며 시간과 공간을 뛰어넘어 우리에게 계속해서 전해진다.

이 책에서는 예수가 했던 말 중에 '위로' '평안' '사랑'이라는 3가지 주제로 나누어 하루에 하나씩 그의 말을 되새기며 우리 마음을 다스리는 데 필요한 일을 해보고자 한다.

이전 책《나의 하루는 내가 만든다》에서 썼지만, 나는 난생처음 겪은 인생의 고통 앞에서 삶을 포기하고 싶었던 때가 있었다. 그러던 외중《성경》을 만났다. 방 안에서 조용히 앉아 연필을 들고《성경》을 써내려가며 나의 삶을 반추할 때 어떤 날에는 눈물이, 어떤 날에는 기쁨이 흘렀다. 예수의 언어를 쓸 때마다 점점 몸과 정신이 맑아지는 느낌이 들었다. 나는 예수의 말을 읽고 쓰며 위로를 받았고, 사랑을 느꼈고, 살아갈 희망을 얻었다.

우리는 살면서 마음이 무너질 때가 많다. 아무 이유 없이 마음이 지치기도 한다. 숨가쁘게 삶을 지탱하다 보면 흔들리는 마음이 일상을 집어삼킬 때가 있다. 그럴 때 가장 낮은 자를 찾아가 가르치던 예수의 말은 큰 힘이 된다. 신이자 인간으로서 그 누구보다 인간을 이해하고 고통을 느꼈던 예수. 그의 말은 수천 년이 지났지만 아직도 우리에게 유효하며 삶의 어려운 순간에 다시 일어나게 한다. 내가 예수의 말을 항상 되새기고 손으로 쓰고 마음에 새기는 이유다.

예수는 이렇게 말했다.


수고하고 무거운 짐을 진 사람들아, 내게로 오라.
내가 너희에게 쉼을 주겠다. _〈마태복음 11:28〉


살다 보니 명예, 부를 구하는 일보다 마음의 평안을 구하고 얻는 일이 더욱 소중하다는 사실을 깨닫는다. 이 책이 당신의 하루를 위로하고 마음에 평안을 주기를 기도한다.

간디, 칸트, 톨스토이, 에머슨을 비롯한 세계 위인들도 그의 가르침을 두고 '인류에게 주어진 축복'이라고 입을 모았다. 간디는 "예수는 내게 위대한 스승 가운데 한 분이다", 톨스토이는 "예수의 교훈은 언제나 나를 끌어당겼다", 에머슨은 "예수의 영향력과 비교될 만한 것은 역사상 없다"라고 말했다.

인류 역사에서 가장 영향력 있는 단 한 사람만을 꼽아야 한다면, 그 이름은 결국 예수에 도달한다. 예수는 군대를 이끌지도 않았고, 제국을 세우지도 않았으며, 권력을 쥔 일도 없었다. 그는 단 3년 남짓 말을 했을 뿐이다. 그럼에도 그의 말은 2,000년의 시간을 건너 오늘까지 '평등', '인간의 존엄', '사랑'이라는 가치의 뼈대를 이루었다.

예수의 말은 인류의 역사이며, 믿음 이전에 태도였고, 종교 이전에 삶이었다. 이 책은 그 말들을 다시 불러, 천천히 쓰고 가만히 마음에 머물게 하도록 이끈다. 하루 한 문장, 예수의 말이 오늘의 삶이 되기를 바란다.

박유녕

차
례

## 2부 "내 평안을 너희에게 준다"

_ 평안을 주는 예수의 말

## 3부 "내 사랑 안에 머물러라"

_사랑을 전하는 예수의 말

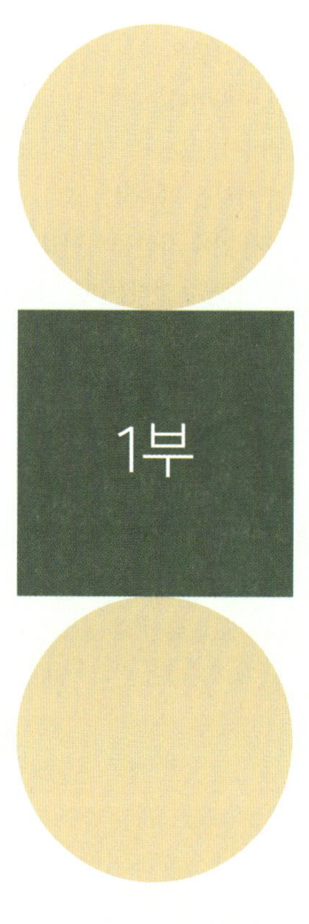
1부

# "내가 너희에게 쉼을 주겠다"

_ 위로를 건네는 예수의 말

# 지친 사람을 위로하는 말

수고하고 무거운 짐을 진 사람들아, 내게로 오라.
내가 너희에게 쉼을 주겠다.

〈마태복음 11:28〉


Come to me, all of you who labour and are heavy laden,
and I will give you rest. 〈Matthew 11:28〉

앙리 마르탱, 〈앉아 있는 소녀〉

# Day 2

## 비워진 마음을 채우는 말

심령이 가난한 사람은 복이 있다.
하늘나라가 그들의 것이다.

〈마태복음 5:3〉


Blessed are the poor in spirit: for theirs is the kingdom of heaven. 〈Matthew 5:3〉

빌헬름 함메르쇼이, 〈책상 앞에 서 있는 이다〉

Day

**3**

# 고통스런 삶에 복 주는 말

지금 굶주리는 너희는 복이 있다.

너희가 배부르게 될 것이다.

지금 우는 너희는 복이 있다.

너희가 웃게 될 것이다.

〈누가복음 6:21〉


Blessed are you who hunger now, for you will be filled.

Blessed are you who weep now, for you will laugh. 〈Luke 6:21〉

앙리 마르탱, 〈그리스도와 사마리아 여인〉

# 존귀한 사람이라고 칭하는 말

그러므로 두려워하지 말라.

너희는 많은 참새보다 더 귀하다.

〈마태복음 10:31〉


So do not fear; you are of more value than many

sparrows. 〈Matthew 10:31〉

빌헬름 하메르스회이, 〈거실〉

**Day**

**5**

# 근심을 기쁨으로 바꾸는 말

지금은 너희가 근심하나,

내가 다시 너희를 보게 될 것이며,

그때에 너희 마음이 기쁠 것이요,

그 기쁨을 아무도 너희에게서 빼앗지 못할 것이다.

〈요한복음 16:22〉


So now you have sorrow; but I will see you again, and

your heart will rejoice, and no one will take your joy from

you. 〈John 16:22〉

 하루 한 장 예수의 말 100

〈여름〉, 앙리 마르탱

# Day 6

# 마음에 온유를 주는 말

나는 마음이 온유하고 겸손하니,

내 멍에를 메고 나에게서 배워라.

그러면 너희 영혼이 쉼을 얻을 것이다.

〈마태복음 11:29〉

Take my yoke upon you and learn from me, for I am

meek and lowly in heart, and you will find rest for your

souls. 〈Matthew 11:29〉

레옹 보나, 〈쥘하지, 혹은 시인의 야경〉

**Day**

**7**

# 함께 있겠다는 말

내가 너희를 고아처럼 버려두지 아니하고,

너희에게로 오겠다.

〈요한복음 14:18〉

I will not leave you comfortless: I will come to you. 〈John

14:18〉



하루 한 장 예수의 말 100

샤를 잘라베르, 〈테베의 역병〉

**Day**

**8**

# 가난한 자에게 복을 주시는 말

가난한 너희는 복이 있다.

하나님의 나라가 너희의 것이다.

〈누가복음 6:20〉


Blessed are the poor, for theirs is the kingdom of God.

〈Luke 6:20〉

쥘 바스티앙 르파주, 〈10월〉

**Day**

**9**

# 가장 작은 자를 높이는 말

누구든지 이 어린아이를 내 이름으로 영접하면

곧 나를 영접하는 것이며,

나를 영접하는 사람은 나를 보내신 이를 영접하는 것이다.

너희 가운데서 가장 작은 사람이 곧 큰 사람이다.

〈누가복음 9:48〉

Whoever receives this child in my name receives me: and

whoever receives me receives him who sent me: for the

one who is least among you all will be great. 〈Luke 9:48〉



하루 한 장 예수의 말 100

헨리 오사와 태너, 〈수태고지〉

# 정의로운 삶을 만들겠다는 말

상한 갈대를 꺾지 아니하고,

꺼져 가는 심지를 끄지 아니하며,

마침내 정의를 승리로 이끌 것이다.

〈마태복음 12:20〉

A bruised reed he will not break, and smoking flax he will

not quench, until he brings justice to victory. 〈Matthew 12:20〉

쥘 바스티앙 르파주, 〈가여운 개개비〉

# 모든 것은 결국 드러난다는 말

아무리 숨겨도 언젠가는 모두 드러난다.

감춰진 것은 끝내 알려지게 된다.

〈누가복음 8:17〉


For nothing is secret that will not be made manifest;

neither anything hidden, that will not be known and

come abroad. 〈Luke 8:17〉

조르주 드 라 투르, 〈참회하는 막달라 마리아〉

# 죄를 용서한다는 말

내가 네게 말한다.

그 여자의 죄가 많을지라도 용서받았으니,

이는 그가 많이 사랑하였기 때문이다.

그러나 적게 용서받은 사람은 적게 사랑한다.

〈누가복음 7:47〉

Therefore I say to you, her many sins have been forgiven

for she loved much; but the one to who is forgiven little

loves little. 〈Luke 7:47〉

윌리엄 부그로, 〈사랑의 속삭임〉

# Day 13

## 깨끗하게 한다는 말

내가 너희에게 한 말로 말미암아

이제 너희는 깨끗하다.

〈요한복음 15:3〉


Now you are clean through the word that I have spoken

to you. 〈John 15:3〉

조지 클로젠, 〈비가 온 들의 기쁨〉

**Day**

**14**

# 풍성한 삶을 주겠다는 말

도둑이 오는 것은

도둑질하고 죽이며 멸망시키려는 것뿐이다.

그러나 나는 그들이 생명을 얻고,

더 풍성히 얻도록 하려고 왔다.

〈요한복음 10:10〉

The thief comes only to steal and kill and destroy; I have come that they may have life, and that they may have it more abundantly. 〈John 10:10〉

제임스 티소, 〈우리 주 예수 그리스도〉

# 종이 아닌 친구로 삼겠다는 말

이제부터는 너희를 종이라 부르지 않겠다.

종은 주인이 무엇을 하는지 알지 못하기 때문이다.

나는 너희를 친구라 불렀으니, 아버지께로부터 들은

모든 것을 너희에게 알게 하였기 때문이다.

〈요한복음 15:15〉

From now on I do not call you servants, for the servant

does not know what his lord does: but I have called you

friends; for all that I have heard from my Father I have

made known to you. 〈John 15:15〉



하루 한 장 예수의 말 100

제임스 티소, 《주기도문》

**Day**
**16**

# 마지막까지 함께하겠다는 말

내가 진실로 네게 말한다.

오늘 네가 나와 함께 낙원에 있을 것이다.

〈누가복음 23:43〉


Truly I tell you, today you will be with me in paradise.

〈Luke 23:43〉

렘브란트, 〈엠마오의 저녁 식사〉

# Day 17

## 순서와 상관없다는 말

보아라,

나중 된 사람이 먼저 되고,

먼저 된 사람이 나중 될 것이다.

〈누가복음 13:30〉


And behold, some who are last will be first, and some
who are first will be last. 〈Luke 13:30〉

제임스 티소, 〈기적의 물고기잡이〉

# Day 18

## 세상을 구원한다는 말

하나님께서 아들을 세상에 보내신 것은

세상을 정죄하려 하심이 아니요,

아들을 통하여 세상이 구원을 받게 하려 하심이다.

〈요한복음 3:17〉

For God did not send his Son into the world to condemn

the world, but to save the world through him. 〈John 3:17〉

제임스 티소, 〈어찌하여 나를 버리셨나이까〉

# 죄인을 품으시는 말

너희는 가서

'나는 제사를 원하지 아니하고 자비를 원한다'는

말씀이 무엇을 뜻하는지 배워라.

나는 의인을 부르러 온 것이 아니라,

죄인을 불러 회개하게 하려고 왔다.

〈마태복음 9:13〉

But go and learn what this means: 'I desire mercy, not

sacrifice.' For I have not come to call the righteous, but

sinners to repentance. 〈Matthew 9:13〉

렘브란트, 〈돌아온 탕자〉

**Day**

# 20

# 온 사람은 내쫓지 않겠다는 말

아버지께서 내게 주시는 사람은

모두 내게로 올 것이며,

내게 오는 사람을

나는 결코 내쫓지 않을 것이다.

〈요한복음 6:37〉

All that the Father gives me will come to me; and
whoever comes to me I will never cast out. 〈John 6:37〉

제임스 티소, 〈탕자의 귀향〉

# Day 21

## 빛으로 부르는 말

나는 빛으로 세상에 왔다.

누구든지 나를 믿는 사람은

어둠 가운데 머물지 않을 것이다.

〈요한복음 12:46〉


I have come into the world as a light, so that whoever

believes in me may not remain in darkness. 〈John 12:46〉

샤를 프랑수아 도비니, 〈물가의 풍경〉

**Day**

**22**

# 믿음대로 된다는 말

여자여, 네 믿음이 크도다.

네가 바라는 대로 이루어질 것이다.

〈마태복음 15:28〉

O woman, great is your faith. Let it be done for you as

you wish. 〈Matthew 15:28〉

프리츠 폰 우데, 〈여인이여, 어찌하여 우느냐〉

# Day 23

## 슬퍼하는 자를 위한 말

슬퍼하는 사람은 복이 있다.

그들이 위로를 받을 것이다.

온유한 사람은 복이 있다.

그들이 땅을 차지할 것이다.

〈마태복음 5:4-5〉


Blessed are those who mourn, for they will be comforted.

Blessed are the meek, for they will inherit the earth.

〈Matthew 5:4-5〉

 하루 한 장 예수의 말 100

앙리 마르탱, 〈아시시의 성 프란치스코〉

# 병든 자를 치유하는 말

건강한 사람에게는 의사가 필요 없고,

병든 사람에게 필요하다.

나는 의인을 부르러 온 것이 아니라,

죄인을 부르러 왔다.

〈마가복음 2:17〉


Those who are well have no need of a physician, but those

who are sick do. I did not come to call the righteous, but

sinners to repentance. 〈Mark 2:17〉

제임스 티소 《수태고지》

**Day**

**25**

# 두려움을 이기게 하는 말

안심하여라, 나다.

두려워하지 말라.

〈마태복음 14:27〉

Take heart; it is me. Do not be afraid. 〈Matthew 14:27〉

카라바조, 〈엠마오의 만찬〉

# Day
# 26

## 빛으로 가득하라는 말

몸의 등불은 눈이다. 그러므로 네 눈이 맑으면

온몸이 빛으로 가득할 것이다.

그러나 네 눈이 악하면 온몸이 어둠으로 가득할 것이다.

〈마태복음 6:22-23〉


The light of the body is the eye: if therefore your eye

is healthy, your whole body will be full of light. But if

your eye is evil, your whole body will be full of darkness.

〈Matthew 6:22-23〉

앙리 마르땡, 〈단테와 베아트리체의 만남〉

**Day**

## 27

# 고통스러운 자를 위한 말

그는 나를 보내셔서 마음이 상한 사람들을 고치고,

포로 된 사람들에게 해방을 선포하며,

눈먼 사람들에게 다시 보게 함을 전하고,

눌린 사람들을 자유롭게 하게 하셨다.

〈누가복음 4:18〉

He has sent me to heal the brokenhearted, to preach

deliverance to the captives, to restore sight to the blind,

and to set at liberty those who are bruised. 〈Luke 4:18〉

〈예수의 세례〉, 제임스 티소

**Day**

**28**

# 세상을 밝히리라는 말

너희는 세상의 빛이다.

산 위에 세운 동네는 숨겨지지 못할 것이다.

〈마태복음 5:14〉


You are the light of the world. A city that is set on a hill

cannot be hidden. 〈Matthew 5:14〉

제임스 티소, 〈주의 목소리〉

# Day 29

## 두드리면 열린다는 말

구하라, 그러면 너희에게 주실 것이다.

찾으라, 그러면 너희가 찾을 것이다.

문을 두드리라, 그러면 너희에게 열릴 것이다.

〈마태복음 7:7〉


Ask, and it will be given to you; seek, and you will find;

knock, and it will be opened to you. 〈Matthew 7:7〉

프라 안젤리코, 〈산상수훈〉

# 믿음만 남겨 두라는 말

두려워하지 말라.

오직 믿기만 하여라.

〈마가복음 5:36〉

Be not afraid, only believe. 〈Mark 5:36〉

안나 리아 메리트, 〈사랑과 처녀〉

Day 1 ~ Day 30까지 어떤 변화가 있었나요?
내 마음을 가장 움직였던 문장을 써보세요.

스스로에게 어떤 말을 해주고 싶나요?
내 생각을 녹인 나만의 문장을 만들어보세요.

2부

# “내 평안을 너희에게 준다”

### _ 평안을 주는 예수의 말

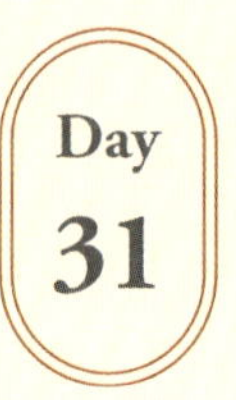

**Day**

# 31

## 화평을 전하는 말

화평하게 하는 사람은 복이 있다.
그들이 하나님의 자녀라 불릴 것이다.

〈마태복음 5:9〉


Blessed are the peacemakers, for they will be called the

children of God. 〈Matthew 5:9〉

존 조지 브라운, 〈누구를 사랑하니〉

**Day**

## 32

# 염려하지 말라는 말

너희 중에 누가 염려함으로

자기 키를 한 자라도 더할 수 있겠느냐?

〈마태복음 6:27〉


Which of you, by taking thought, can add a single cubit

to your height? 〈Matthew 6:27〉

귀스타브 쿠르베, 〈파도〉

# 평안을 비는 말

어느 집에 들어가든지

먼저 "이 집에 평안이 있기를 바랍니다"라고 말하여라.

〈누가복음 10:5〉

Whatever house you enter, first say, "Peace be with this

house." 〈Luke 10:5〉



하루 한 장 예수의 말 100

프라 안젤리코, 〈수태고지〉

# 삶을 붙드는 말

내가 너희에게 말한다.

무엇을 먹을까 하여 너희의 생명을 염려하지 말고,

무엇을 입을까 하여 몸을 염려하지 말라.

〈누가복음 12:22〉

He said to his disciples, therefore I say to you, do not

worry about your life, what you will eat; or about your

body, what you will wear. 〈Luke 12:22〉

제임스 티소, 〈경외하는 막달라 마리아〉

# Day 35

## 가능성을 여는 말

할 수 있거든이 무슨 말이냐,
믿는 사람에게는 모든 것이 가능하다.

〈마가복음 9:23〉


'If you can?' Everything is possible for one who believes.

〈Mark 9:23〉

제임스 티소, 〈예수의 유년기〉

# 세상에 없는 평안을 주는 말

평안을 너희에게 남기며, 내 평안을 너희에게 준다.

내가 주는 평안은 세상이 주는 것과 같지 않다.

너희 마음은 근심하지 말고, 두려워하지도 말아라.

〈요한복음 14:27〉

Peace I leave with you; my peace I give to you. I do not
give to you as the world gives. Do not let your heart be
troubled, neither let it be afraid. 〈John 14:27〉

샤를 프랑수아 도비니, 〈햇빛이 비치는 시냇가 풍경〉

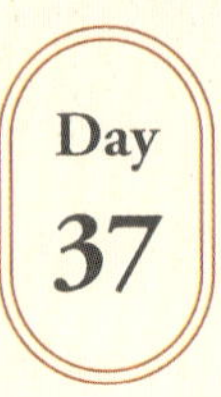



# 근심 대신 믿으라는 말

너희 마음은 근심하지 말라.

하나님을 믿으니, 또 나를 믿어라.

〈요한복음 14:1〉


Do not let your heart be troubled. Believe in God; believe

also in me. 〈John 14:1〉

렘브란트, 〈토빗과 안나〉

# Day 38

## 큰 기쁨을 주는 말

이것들을 너희에게 말한 것은

내 기쁨이 너희 안에 머물러,

너희의 기쁨이 충만하게 하려 함이다.

〈요한복음 15:11〉


I have spoken these things to you so that my joy may

remain in you, and that your joy may be full. 〈John 15:11〉

카스파 다비드 프리드리히, 〈뤼겐의 하얀 절벽〉

**Day**

# 39

# 평강을 받으라는 말

너희에게 평안이 있기를 바란다.

아버지께서 나를 보내신 것 같이 나도 너희를 보낸다.

〈요한복음 20:21〉


Peace be to you: as my Father has sent me, even so send I

you. 〈John 20:21〉

귀스타브 카유보트, 〈프티 주느빌리에 정원의 달리아〉

# Day
## 40

# 자유를 누리라는 말

너희가 내 말에 거하면 참으로 내 제자가 될 것이다.

그러면 너희가 진리를 알게 될 것이요,

그 진리가 너희를 자유롭게 할 것이다.

〈요한복음 8:31 – 32〉


If you continue in my word, then are you my disciples

indeed; And you shall know the truth, and the truth shall

make you free. 〈John 8:31–32〉




하루 한 장 예수의 말 100

렘브란트, 〈그리스도의 얼굴〉

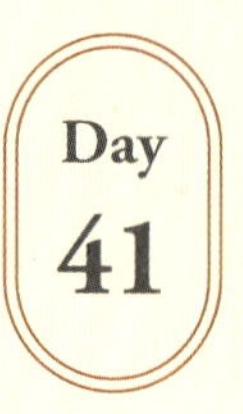

# Day
# 41

## 지혜를 주는 말

내 말을 듣고 그대로 행하는 사람은

반석 위에 집을 지은 지혜로운 사람과 같을 것이다.

〈마태복음 7:24〉


Therefore whoever hears these sayings of mine, and does

them, I will liken him to a wise man, which built his

house upon a rock. 〈Matthew 7:24〉

프리츠 폰 우데, 〈함께하는 식사 기도〉

# Day
# 42

## 고난에도 안심하라는 말

이것들을 너희에게 말한 것은
내 안에서 너희가 평안을 얻게 하려 함이다.
세상에서는 너희가 환난을 당하겠으나,
안심하여라. 내가 세상을 이기었다.

〈요한복음 16:33〉

These things I have spoken to you, that in me you might

have peace. In the world you shall have tribulation: but

be of good cheer; I have overcome the world. 〈John 16:33〉

헨리 오사와 태너, 〈뉴저지의 습지〉

# Day 43

## 겉모습으로 판단하지 않는다는 말

겉모습으로 판단하지 말고,

의로운 판단으로 판단하여라.

〈요한복음 7:24〉


Judge not according to the appearance, but judge

righteous judgment. 〈John 7:24〉

카를 구스타프 카루스, 〈이탈리아 바다의 달밤의 휴가〉

# 이제 놓여도 된다는 말

딸아, 네 믿음이 너를 구원하였다.

평안히 가거라.

그리고 네 병에서 놓여 온전하여라.

〈마가복음 5:34〉


Daughter, your faith has healed you. Go in peace, and be

whole of your plague. 〈Mark 5:34〉

티치아노, 〈나를 만지지 말라〉

# Day 45

## 영원한 생명을 주는 말

내가 진실로 진실로 너희에게 말한다.

내 말을 듣고 나를 보내신 이를 믿는 사람은

영원한 생명을 얻었고, 심판에 이르지 아니하며,

죽음에서 생명으로 옮겨졌다.

〈요한복음 5:24〉

Very truly, I say to you, he who hears my word, and

believes him who sent me has everlasting life, and will not

come into condemnation; but has passed from death into

life. 〈John 5:24〉



하루 한 장 예수의 말 100

카스파 다비드 프리드리히, 〈바닷가의 수도사〉

# 오늘이면 충분하다는 말

그러므로 내일 일을 염려하지 말라.
내일은 내일이 스스로 염려할 것이다.
한 날의 괴로움은 그 날로 족하다.

〈마태복음 6:34〉

Therefore no thought for tomorrow: for tomorrow will

take thought for the things of itself. Each day has enough

trouble of its own. 〈Matthew 6:34〉

쥘 바스티앙 르파주, 〈건초를 베는 날〉

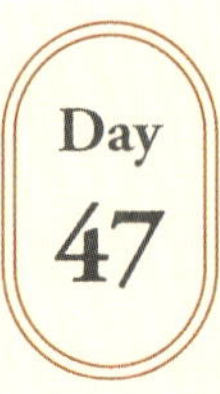

**Day**
**47**

# 없애지 않고 이룬다는 말

내가 율법이나 선지자들을

폐하러 온 줄로 생각하지 말라.

폐하러 온 것이 아니라 완전하게 이루러 왔다.

〈마태복음 5:17〉


Think not that I am come to destroy the law, or the

prophets: I am not come to destroy, but to fulfil. 〈Matthew

5:17〉

샤를 프랑수아 도비니 〈강가의 노을〉

# Day
## 48

# 목숨이 더 귀하다는 말

무엇을 먹을까, 무엇을 마실까 너희 생명을 염려하지 말고,

무엇을 입을까 몸을 염려하지 말라.

생명이 음식보다 귀하지 아니하며,

몸이 옷보다 귀하지 아니하냐.

〈마태복음 6:25〉


Therefore I say to you, Take no thought for your life,

what you will eat, or what you will drink; or about your

body, what you will wear. Is not the life more than food,

and the body more than clothes? 〈Matthew 6:25〉


 하루 한 장 예수의 말 100

조지 클로젠, 〈실내 풍경〉

**Day**

# 49

# 기쁘게 주겠다는 말

두려워하지 말라, 작은 무리야.

너희 아버지께서

그 나라를 너희에게 기쁘게 주시기를 원하신다.

〈누가복음 12:32〉


Fear not, little flock; for it is your Father's good pleasure

to give you the kingdom. 〈Luke 12:32〉


　　　　　　　　　　　하루 한 장 예수의 말 100

제임스 티소, 〈햄프턴 코트 궁전〉

# 가족으로 삼겠다는 말

누구든지

하나님의 뜻을 행하는 사람은

내 형제요, 자매요, 어머니다.

〈마가복음 3:35〉

Whoever does God's will is my brother, and my sister,

and mother. 〈Mark 3:35〉

조반니 세간티니, 〈알프스의 한낮〉

**Day**

# 51

# 자유로운 삶을 주겠다는 말

아들이 너희를 자유롭게 하면,

너희가 참으로 자유로울 것이다.

〈요한복음 8:36〉

So if the Son sets you free, you will be free indeed. 〈John 8:36〉



하루 한 장 예수의 말 100

카스파 다비트 프리드리히, 〈안개 바다 위의 방랑자〉

**Day 52**

# 선한 마음을 쌓으라는 말

선한 사람은 마음에 쌓아 둔 선한 것에서
선한 것을 내어 놓고,
악한 사람은 마음에 쌓아 둔 악한 것에서
악한 것을 내어 놓는다.

〈마태복음 12:35〉


A good man out of the good treasure of the heart brings

forth good things: and an evil man out of the evil treasure

bringes forth evil things. 〈Matthew 12:35〉

조반니 세간티니, 〈호수를 건너는 아베 마리아〉

# 지금이 전부는 아니라는 말

내가 지금 하는 일을 네가 지금은 알지 못하나,

이후에는 알게 될 것이다.

〈요한복음 13:7〉


You do not realize now what I am doing, but later you

will understand. 〈John 13:7〉

헨리 오사와 태너, 〈예수를 찾아온 니고데모〉

# 작은 것들을 위한 말

천국은 사람이 자기 밭에 가져다 심은 겨자씨 한 알과 같다. 모든 씨앗 가운데 가장 작지만, 자라면 풀들 가운데 가장 크게 되어 나무가 되니, 공중의 새들이 와서 그 가지에 깃든다.

〈마태복음 13:31-32〉

The kingdom of heaven is like a mustard seed, which a man took and planted in his field: which indeed is the least of all seeds: but when it is grown, it is the greatest among herbs, becomes a tree, so that the birds of the air come and lodge in its branches. 〈Matthew 13:31-32〉

 하루 한 장 예수의 말 100

카를 구스타프 카루스, 〈전나무 숲〉

# 찾는 자와 함께하겠다는 말

두세 사람이 내 이름으로 함께 모인 곳에는

나도 그들 가운데 있다.

〈마태복음 18:20〉


For where two or three are gather in my name, there am I

in the midst of them. 〈Matthew 18:20〉

카스파 다비드 프리드리히, 〈발트해의 십자가〉

# 무엇이 가장 귀한지 알려주는 말

또 하늘나라는 밭에 숨겨진 보물과 같다.

사람이 그것을 발견하고는 다시 숨겨 두고,

기뻐하며 가서 자기 가진 모든 것을 팔아 그 밭을 산다.

〈마태복음 13:44〉


Again, the kingdom of heaven is like treasure hidden in

a field; which when a man has found, he hides, and for

joy it goes and selles all that he has, and buys that field.

〈Matthew 13:44〉

조반니 세간티니, 〈뜨개질하는 소녀〉

# Day 57

## 말보다 행동이라는 말

내가 너희에게 본을 보였으니,

내가 너희에게 한 것 같이 너희도 행하게 하려 함이다.

〈요한복음 13:15〉


For I have given you an example, that you should do as I

have done to you. 〈John 13:15〉

조반니 세간티니, 〈숲에서 돌아오는 길〉

Day
58

# 빼앗길 수 없다는 말

나는 그들에게 영원한 생명을 준다.

그들은 결코 멸망하지 않을 것이며,

아무도 그들을 내 손에서 빼앗을 수 없다.

〈요한복음 10:28〉

I give them eternal life, and they shall never perish,

neither shall any man pluck them out of my hand. 〈John

10:28〉

카스파르 다비드 프리드리히, 〈바다에서 달맞이〉

**Day**

**59**

# 어둠 속에 두지 않겠다는 말

나는 세상의 빛이다.

나를 따르는 사람은 어둠 가운데 다니지 아니하고,

생명의 빛을 얻을 것이다.

〈요한복음 8:12〉

I am the light of the world: he that followes me shall not

walk in darkness, but shall have the light of life. 〈John 8:12〉

카를 구스타프 카루스, 〈고딕 교회 안뜰의 달빛〉

**Day**

**60**

## 작아도 충분하다는 말

너희에게 겨자씨 한 알 만한 믿음이 있다면

이 산에게 말하기를 '여기서 저리로 옮겨져라' 하여도

그것이 옮겨질 것이며, 너희에게 불가능한 일은 없을 것이다.

〈마태복음 17:20〉

If you have faith as a grain of mustard seed, you will say

to this mountain, ʿMove from here to thereʾ, and it will

move. Nothing will be impossible for you. 〈Matthew 17:20〉

조반니 세간티니, 〈해질녘의 알프스 풍경〉

Day 31 ~ Day 60까지 어떤 변화가 있었나요?
내 마음을 가장 움직였던 문장을 써보세요.

스스로에게 어떤 말을 해주고 싶나요?
내 생각을 녹인 나만의 문장을 만들어보세요.

3부

# "내 사랑 안에 머물러라"

_사랑을 전하는 예수의 말

**Day**

**61**

# 한 명도 소중히 여긴다는 말

너희 중에 어떤 사람이 양 백 마리를 가지고 있다가

그중 하나를 잃으면, 아흔아홉 마리를 들에 두고

잃어버린 그 양을 찾을 때까지 돌아다니지 아니하겠느냐?

〈누가복음 15:4〉

What man of you, having an hundred sheep, if he loses

one of them, does not leave the ninety and nine in the

wilderness, and go after that which is lost, until he find

it? 〈Luke 15:4〉

제임스 티소 〈선한 목자〉

# 서로 사랑하라는 말

내가 너희에게 새 계명을 준다.

서로 사랑하여라.

내가 너희를 사랑한 것 같이,

너희도 서로 사랑하여라.

〈요한복음 13:34〉

A new commandment I give you, Love one another. As I have loved you, so you must love one another. 〈John 13:34〉

조르주 드 라 투르, 〈젊은 성모 마리아〉

# 약한 자를 도우라는 말

내가 진실로 너희에게 말한다.

너희가 내 형제자매 가운데

가장 작은 사람 하나에게 한 것이 곧 내게 한 것이다.

〈마태복음 25:40〉

Truly I tell you, whatever you did for one of the least of

these brothers and sisters of mine, you did for me. 〈Matthew

25:40〉

앙리 마르탱, 〈가론 강변의 연인들〉

# 사랑을 확장하라는 말

너희를 사랑하는 사람들만 사랑한다면

너희에게 무슨 감사가 있겠느냐.

죄인들도 자기를 사랑하는 사람들은 사랑한다.

〈누가복음 6:32〉

For if you love them which love you, what thank have you? for sinners also love those that love them. 〈Luke 6:32〉

브라튼 리비에르, 〈정원 문 안에서〉

# Day 65

## 잃어버린 자를 찾겠다는 말

인자는 잃어버린 사람을 찾아

구원하려고 왔다.

〈누가복음 19:10〉


For the Son of man come to seek and to save the lost.

〈Luke 19:10〉

카라바조, 〈이집트로의 피난 중 휴식〉

# Day 66

## 낮은 자리에 있으라는 말

자기를 높이는 사람은 낮아질 것이요,

자기를 낮추는 사람은 높아질 것이다.

〈마태복음 23:12〉


For those who exalt themselves will be abased; and those

who humble themselves will be exalted. 〈Matthew 23:12〉

제임스 티소, 〈목자들의 경배〉

**Day**

## 67

# 사랑 안에 머물라는 말

아버지께서 나를 사랑하신 것 같이,

나도 너희를 사랑하였다.

내 사랑 안에 머물러라.

〈요한복음 15:9〉


As the Father has loved me, so have I loved you: continue

you in my love. 〈John 15:9〉

피터르 브뤼헐, 〈세례자 요한의 설교〉

# 대응하지 않고 품으라는 말

너희는 '눈에는 눈, 이에는 이'라고 한 것을 들었다.

그러나 나는 너희에게 말한다.

악한 사람에게 맞서지 말라.

누구든지 네 오른뺨을 치거든, 다른 뺨도 돌려대어라.

〈마태복음 5:38 – 39〉

You have heard that it was said, 'Eye for eye and a tooth for a tooth'. But I tell you, do not resist an evil person: but whoever strikes you on your right cheek, turn to him the other also. 〈Matthew 5:38–39〉

프리츠 폰 우데, 〈버려진 풍경〉

# 일곱 번이라도 용서하라는 말

네 형제가 네게 죄를 범하거든 그를 꾸짖고, 그가 회개하면 용서하여라. 만일 그가 하루에 일곱 번 네게 죄를 범하고, 하루에 일곱 번 네게 돌아와 "내가 회개한다"고 말하거든, 그를 용서하여라.

〈누가복음 17:3-4〉

If your brother sins against you, rebuke him; and if he repents, forgive him. Even if he sins against you seven times in a day and turns back to you seven times, saying, "I repent," you will forgive him. 〈Luke 17:3-4〉

에밀 뮈니에, 〈사랑의 전령〉

# Day 70

# 미워하는 자를 위해 기도하라는 말

너희의 원수를 사랑하고,

너희를 모욕하고 박해하는 사람들을 위하여

기도하여라.

〈마태복음 5:44〉

Love your enemies, and pray for those who persecute

you. 〈Matthew 5:44〉

샤를 갈랑수아 토비나, 〈폭포 풍경 속 병사의 이별〉

# 먼저 주고 행하라는 말

너희가 남에게서 받고 싶은 대로

너희도 남에게 그대로 행하여라.

이것이 율법과 선지자의 가르침이다.

〈마태복음 7:12〉

Therefore all things whatever you would that men should

do to you, do you even so to them: for this is the law and

the prophets. 〈Matthew 7:12〉

조지 클로젠, 〈아침 식탁〉

**Day**

# 72

# 이웃을 사랑하라는 말

그리고 그 둘째도 이와 같다.

네 이웃을 네 자신과 같이 사랑하여라.

〈마태복음 22:39〉

And the second is like it: You are to love your neighbor as

yourself. 〈Matthew 22:39〉

브리트론 웁우다, 〈걸인 슈투 소녀〉

# 내가 먼저 섬기라는 말

인자도 섬김을 받으러 온 것이 아니라
섬기러 왔고, 많은 사람을 위하여
내 목숨을 대속물로 주려고 왔다.

〈마가복음 10:45〉


For even the Son of man came not to be served, but to

serve, and to give his life as a ransom for many. 〈Mark 10:45〉


 하루 한 장 예수의 말 100

작가 미상, 〈수염 난 그리스도〉

# 말보다 태도가 먼저라는 말

누구든지 내 계명을 가지고 지키는 사람이 곧 나를 사랑하는 사람이다. 나를 사랑하는 사람은 내 아버지께 사랑을 받을 것이며, 나도 그를 사랑하고 그에게 나를 나타낼 것이다.

〈요한복음 14:21〉


He who has my commandments, and keeps them, he it is who loves me: and he who loves me will be loved by my Father, and I will love him, and will manifest myself to him.

〈John 14:21〉

앙리 펠릭스 에마뉘엘 필리포토, 〈사랑의 도주〉

# 작은 것을 소중히 여기라는 말

누구든지 이런 어린아이 하나를 내 이름으로 영접하면 곧 나를 영접하는 것이며, 나를 영접하는 사람은 나만 영접하는 것이 아니라, 나를 보내신 이를 영접하는 것이다.

〈마가복음 9:37〉

Whoever receives one of such children in my name, receives me: and whoever receives me receives not me, but him who sent me. 〈Mark 9:37〉

쥘 바스티앙 르파주, 〈아무 일도 없음〉

# 끝까지 함께하겠다는 말

내가 너희에게 명령한 모든 것을
지키도록 그들을 가르쳐라.
보아라, 내가 세상 끝날 때까지
항상 너희와 함께 있을 것이다.

〈마태복음 28:20〉

Teaching them to observe all things whatever I have commanded you: and, behold, I am with you alway, even to the end of the world. 〈Matthew 28:20〉

바르톨로메 에스테반 무리요, 〈마을의 젊은 여인들〉

# 마음을 새롭게 하라는 말

새 포도주는 낡은 가죽부대에 붓지 않는다. 그렇게 하면 새 포도주가 가죽부대를 터뜨려 포도주는 쏟아지고 부대 는 버리게 된다. 그러므로 새 포도주는 새 가죽부대에 부 어야 한다. 그래야 둘 다 보존된다.

〈누가복음 5:37 – 38〉

And no one puts new wine into old bottles; else the new wine will burst the bottles, and be spilled, and the bottles shall perish. But new wine must be put into new bottles; and both are preserved. 〈Luke 5:37–38〉

카라바조, 〈베드로의 부인〉

# Day 78

## 원하는 것을 주겠다는 말

너희 중에 어떤 사람이 아들이 떡을 달라고 하는데 돌을 주겠느냐? 너희가 악할지라도 자녀에게 좋은 것을 줄 줄 알거든, 하늘에 계신 너희 아버지께서 구하는 사람들에게 얼마나 더 좋은 것들을 주시겠느냐.

〈마태복음 7:9, 11〉

Or what man is there of you, if his son asks for bread, will give him a stone? If you then, being evil, know how to give good gifts to your children, how much more will your Father who is in heaven give good things to those who ask him?

〈Matthew 7:9, 11〉

앙리 마르탱, <봄>

# 사랑하면 드러난다는 말

너희가 서로 사랑하면

이로써 모든 사람이 너희가

내 제자인 줄 알게 될 것이다.

〈요한복음 13:35〉


By this shall all men know that you are my disciples, if

you have love one to another. 〈John 13:35〉



하루 한 장 예수의 말 100

앙리 마르탱, 〈평온함〉

# 사랑이 온전함을 만든다는 말

나는 그들 안에 있고, 아버지는 내 안에 계셔서 그들이 온전히 하나가 되게 하려 함이며, 그리하여 세상이 아버지께서 나를 보내신 것과 아버지께서 나를 사랑하신 것 같이 그들도 사랑하신 것을 알게 하려 함이다.

〈요한복음 17:23〉


I in them, and you in me, that they may be made perfect in one; and that the world may know that you have sent me, and have loved them, as you have loved me. 〈John 17:23〉

윌리엄 터너, ⟨일몰의 양치기와 양떼⟩

**Day**

# 81

# 존귀한 사람이라는 말

종은 집에 영원히 머물지 못하지만,

아들은 영원히 머문다.

〈요한복음 8:35〉


And the servant does not abide in the house forever, but

the Son abides ever. 〈John 8:35〉

쥘 바스티앙 르파주, 〈시골 마을의 사랑〉

**Day**

# 82

## 내려놓아야 얻는다는 말

누구든지 자기 생명을 구하려는 사람은

도리어 그것을 잃을 것이요,

나와 복음을 위하여 자기 생명을 잃는 사람은

도리어 그것을 구할 것이다.

〈마가복음 8:35〉

For whoever wants to save his life will lose it; but whoever
loses his life for my sake and the gospel's will save it. 〈Mark
8:35〉

　　　　　하루 한 장 예수의 말 100

제임스 티소, 〈사자굴 속의 다니엘〉

# 영원한 사랑을 약속하는 말

나는 부활이요 생명이다.

나를 믿는 사람은 죽어도 살 것이다.

〈요한복음 11:25〉

I am the resurrection, and the life. Whoever believes in

me will live, even though they die. 〈John 11:25〉

헨리 오사와 태너, 〈구세주〉

# Day 84

# 판단하기 전에 자신을 돌아보라는 말

너희 가운데 죄 없는 사람이

먼저 그 여자에게 돌을 던져라.

〈요한복음 8:7〉


He that is without sin among you, let him first cast a

stone at her. 〈John 8:7〉

존 고드워드, 〈아무 것도 하지 않는 달콤함〉

**Day**

# 85

# 마음은 나눌 수 없다는 말

아무도 두 주인을 섬길 수 없다.

한 사람을 미워하고 다른 사람을 사랑하거나,

한 사람을 붙들고 다른 사람을 업신여길 것이다.

너희는 하나님과 재물을 함께 섬길 수 없다.

〈마태복음 6:24〉


No man can serve two masters: for either he will hate

the one, and love the other; or else he will hold to the

one, and despise the other. You cannot serve God and

mammon. 〈Matthew 6:24〉

요하네스 베르메르, 〈델프트 풍경〉

# 결국 사랑이라는 말

이것이 나의 계명이다.

내가 너희를 사랑한 것 같이,

너희도 서로 사랑하여라.

〈요한복음 15:12〉


This is my commandment, That you love one another, as

I have loved you. 〈John 15:12〉

한스 치츠카, 〈사랑의 맹세〉

# Day 87

## 연민은 세상을 바꾼다는 말

여행하던 어떤 사마리아 사람이 그가 있는 곳에 이르러 그를 보고 불쌍히 여겼다. 그에게 가까이 가서 상처를 싸매고 기름과 포도주를 부어 주었으며, 자기 짐승에 태워 여관으로 데려가 그를 돌보아 주었다.

〈누가복음 10:33 – 34〉

But a certain Samaritan, as he journeyoud, came where he was: and when he saw him, he had compassion on him, And went to him, and bound up his wounds, pouring in oil and wine, and set him on his own beast, and brought him to an inn, and took care of him. 〈Luke 10:33–34〉



하루 한 장 예수의 말 100

빈센트 반 고흐, 〈선한 사마리아인〉

# Day 88

# 사랑은 불가능한 곳에서 시작된다는 말

그러나 내 말을 듣는 너희에게 말한다.

너희의 원수를 사랑하고,

너희를 미워하는 사람들에게 선을 행하여라.

〈누가복음 6:27〉

But I say to you which hear, Love your enemies, do good

to them which hate you. 〈Luke 6:27〉

피터르 브뤼헐, 〈네덜란드 속담〉

# Day 89

## 화평하게 지내라는 말

소금은 좋은 것이다.
그러나 소금이 그 맛을 잃으면
무엇으로 그것을 짜게 하겠느냐?
너희 안에 소금을 지니고, 서로 화평하게 지내라.

〈마가복음 9:50〉


Salt is good: but if the salt has lost its saltiness, with what
will you season it? Have salt in yourselves, and have peace
with one another. 〈Mark 9:50〉

존 고드워드, 〈말 없는 노래를〉

**Day**
**90**

# 마음과 뜻을 다하라는 말

네 마음을 다하고, 네 목숨을 다하고,

네 뜻을 다하여 주 너의 하나님을 사랑하여라.

〈마태복음 22:37〉


Love the Lord your God with all your heart, and with all

your soul, and with all your mind. 〈Matthew 22:37〉

카를 구스타프 카루스, 〈발코니의 여인〉

# Day 91

## 용서하면 용서받는다는 말

판단하지 말라, 그러면 너희도 판단을 받지 않을 것이다.
정죄하지 말라, 그러면 너희도 정죄를 받지 않을 것이다.
용서하여라, 그러면 너희도 용서를 받을 것이다.

〈누가복음 6:37〉

Judge not, and you shall not be judged: condemn not, and you shall not be condemned: forgive, and you shall be forgiven. 〈Luke 6:37〉

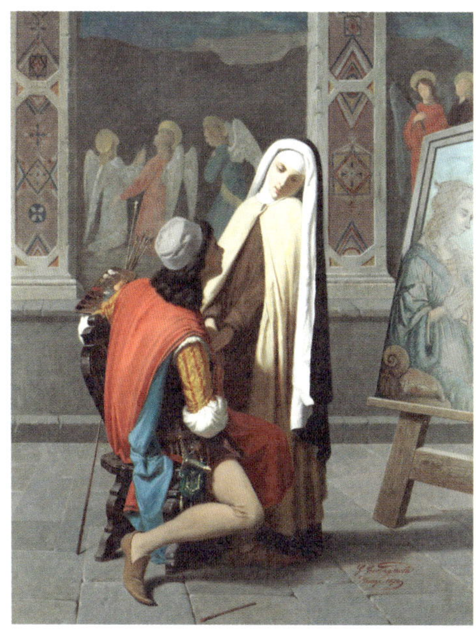

가브리엘 카스타뇰라, 〈루크레치아 부티와 사랑에 빠진 필리포 리피〉

# Day
# 92

# 아무것도 돌려받지 않아도 괜찮다는 말

그러나 너희는 너희의 원수를 사랑하고, 선을 행하며, 아무것도 바라지 말고 빌려주어라. 그러면 너희의 상이 크며, 너희는 지극히 높으신 이의 자녀가 될 것이다. 그분은 감사하지 않는 사람과 악한 사람에게도 인자하시기 때문이다.

〈누가복음 6:35〉

But love you your enemies, and do good, and lend, hoping for nothing again; and your reward shall be great, and you shall be the children of the Highest: for he is kind unto the unthankful and to the evil. 〈Luke 6:35〉



하루 한 장 예수의 말 100

렘브란트, 〈무덤에서의 그리스도와 성 마리아 막달레나〉

**Day**

## 93

# 믿으면 채워진다는 말

나는 생명의 빵이다.

내게 오는 사람은 결코 굶주리지 않을 것이며,

나를 믿는 사람은 결코 목마르지 않을 것이다.

〈요한복음 6:35〉


I am the bread of life. Whoever comes to me will never

hunger, and whoever believes in me will never thirst. 〈John

6:35〉

쥘 바스티앙 르파주, 〈오는 이주의 날〉

# 사랑의 기준을 묻는 말

너희가 나를 택한 것이 아니라 내가 너희를 택하여 세웠다. 이는 너희가 열매를 맺게 하고, 그 열매가 항상 남아 있게 하려 함이며, 너희가 내 이름으로 아버지께 무엇이든지 구하면 아버지께서 그것을 주시게 하려 함이다.

〈요한복음 15:16〉

You have not chosen me, but I have chosen you, and ordained you, that you should go and bring forth fruit, and that your fruit should remain: that whatever you will ask of the Father in my name, he may give it you. 〈John 15:16〉

쥘 바스티앙 르파주, 〈나무꾼〉

# 섬김이 가장 높은 자리라는 말

너희 가운데에서 으뜸이 되고자 하는 사람은

너희를 섬기는 사람이 될 것이라.

〈마태복음 20:27〉

Whoever will be chief among you, let him be your

servant. 〈Matthew 20:27〉

윌리엄 터너, 〈모엘 진워크에서 바라본 풍경〉

# 자비로운 자가 되라는 말

너희 아버지께서 자비로우신 것 같이,

너희도 자비로운 사람이 되어라.

〈누가복음 6:36〉


Be you therefore merciful, as your Father also is merciful.

〈Luke 6:36〉

피터르 브뤼헐, 〈추수하는 사람들〉

# 약한 자에게 베풀라는 말

잔치를 베풀 때에는

가난한 사람들과, 몸이 불편한 사람들과,

다리를 저는 사람들과, 눈먼 사람들을 불러라.

그들이 네게 갚을 수 없으므로 네가 복을 받을 것이다.

〈누가복음 14:13 – 14〉


But when you make a feast, call the poor, the disabled,

the lame, the blind. And you will be blessed; for they will

be recompense you. 〈Luke 14:13–14〉

피터르 브뤼헐, 〈이카루스의 추락이 있는 풍경〉

# Day
# 98

# 판단이 아닌 사랑이라는 말

누구든지 내 말을 듣고도 나를 믿지 않아도
나는 그를 심판하지 않는다.
나는 세상을 심판하러 온 것이 아니라,
세상을 구원하러 왔기 때문이다.

〈요한복음 12:47〉


And if any man hear my words, and believe not, I judge

him not: for I came not to judge the world, but to save the

world. 〈John 12:47〉

프리츠 폰 우데, 〈가난한 밤〉

# Day
# 99

# 사랑의 열매를 맺는 말

내가 진실로 진실로 너희에게 말한다.

한 알의 밀이 땅에 떨어져 죽지 않으면

그것은 한 알로 남아 있지만,

죽으면 많은 열매를 맺는다.

〈요한복음 12:24〉


Very truly, I say to you, Except a corn of wheat fall into

the ground and die, it remains alone: but if it dies, it

bears much fruit. 〈John 12:24〉

앙리 마르탱의 마르케이롤 테라스 〈석양 무렵〉

# Day
## 100

## 다시는 목마르지 않게 하겠다는 말

내가 주는 물을 마시는 자는 영원히 목마르지 아니하리니

내가 주는 물은 그 속에서 영생하도록

솟아나는 샘물이 되리라.

〈요한복음 4:14〉

But whoever drinks of the water that I will give him will

never thirst; but the water that I will give him will be in

him a well of water springing up into everlasting life. 〈John

4:14〉



하루 한 장 예수의 말 100

헨리 오사와 태너, 〈바다의 어부들〉

Day 61 ~ Day 100까지 어떤 변화가 있었나요?

내 마음을 가장 움직였던 문장을 써보세요.

스스로에게 어떤 말을 해주고 싶나요?

내 생각을 녹인 나만의 문장을 만들어보세요.